RECUEIL

DE

CHANSONS

PAR

Bathol, Francisque,

Maréchal-ferrant, à Clermont-Fd.

En me levant, chaque matin,
Je chante un bien joyeux refrain ;
En m'accompagnant sur l'enclume,
Pendant que ma forge s'allume,
Digue, din, digue, din, digue, din, don
Oh ! l'agréable carillon.

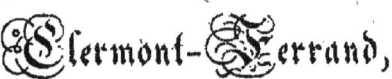

Clermont-Ferrand,

A LA LIBRAIRIE DE DUCHIER,

Rue Saint-Esprit, 35,

1851.

RECUEIL

DE

CHANSONS

PAR

Bathol, Francisque,

Maréchal-ferrant, à Clermont-F^d.

En me levant, chaque matin,
Je chante un bien joyeux refrain ;
En m'accompagnant sur l'enclume,
Pendant que ma forge s'allume,
Digue, din, digue, din, digue, din, don,
Oh ! l'agréable carillon.

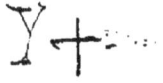

Clermont-Ferrand,

A LA LIBRAIRIE DE DUCHIER,

Rue Saint-Esprit, 35,

1851

Au Lecteur.

—

Je préviens mon lecteur que mon intention n'était point de publier les Chansons qu'il va lire ou du moins avant de les avoir revues; mais, mes amis, à qui j'en avais chanté quelques-unes, m'ont engagé à les faire imprimer sous cette forme d'improvisation qui les caractérise. Je crois qu'ils ont eu raison, attendu que l'état que j'exerce ne me laisse que de très-rares instants à consacrer à la poésie. Entre l'enclume et le marteau on polit aisément le fer; mais il n'en est pas ainsi d'une chanson : pour la polir, il faut avoir l'esprit tranquille et uniquement préoccupé de cela.

F. BATHOL.

A Béranger.

—

CINQ RÉPROUVÉS ET UN ÉLU.

AIR *de l'Ermite de Vaissière.*

Hola! qui frappe? a dit le roi des rois,
Sans se lever de son trône d'Ivoire,
St-Pierre dit : « On a heurté trois fois,
Ce doit être une robe noire.
Grand Dieu, je ne me trompe pas,
Dit-il, en entr'ouvrant la porte,
Ah! que le diable vous emporte, } *bis.*
En enfer allez de ce pas!!!

Arrive ensuite un noble duc et pair,
Qui guerroya jadis pour la Vendée ;
Il veut passer ; mais prompt comme l'éclair,
St-Pierre lui barre l'entrée.
Oh ! vous fûtes trop grand là-bas,
Fit-il, en repoussant la porte.
   Ah ! que le diable, etc.

Le bon concierge était à peine assis
Qu'un député qui, de loin, puait l'ambre,
Vient, à grands coups, frapper au Paradis,
Prenant ce saint lieu pour la chambre.
« Vous savez bien qu'on n'entre pas ;
« Pourquoi donc cogner de la sorte ?
   « Ah ! que le diable, etc.

Un usurier, regrettant son trésor,
Du paradis a pris aussi la route ;
Mais à grands cris il réclame son or
Perdu dans une banqueroute.
« D'ouvrir, à la fin, je suis las,
« Pour le coup la chose est trop forte.
   « Ah ! que le diable, etc.

Tout essoufflé, saint Pierre va s'asseoir ;
Le malheureux était vraiment en nage,
Quand vient frapper au céleste manoir
Un tartuffe d'un certain âge.
« Vous vous trompez, frappez plus bas,
« Pour vous, je n'ouvre pas ma porte.
   « Ah ! que le diable, etc.

Au même instant, un nuage azuré
De Béranger porte l'âme candide.

Le vieux bonhomme d'un pas assuré (1)
Vers le portier marche sans guide.
« Ah! viens, mon fils, viens dans mes bras,
« Dit saint Pierre, en ouvrant les portes,
« Je sais comment tu te comportes, ⎰
« En Paradis viens de ce pas!!!   ⎱ *bis.*

RÉPONSE DE BÉRANGER.

Grand merci, mon cher monsieur, de la place que
vous voulez bien me donner en Paradis. Mon âge
me permet d'espérer que bientôt je saurai si vous
vous êtes ou non trompé. Je me présenterai à saint
Pierre avec votre chanson à la main, car je doute
que la voix me revienne alors pour la lui chanter.
J'espère qu'elle le fera sourire et je vous en re-
mercie d'avance, ainsi que du plaisir qu'elle m'a fait,
surtout venant d'un homme jeune et d'un travail-
leur qui n'a pas beaucoup de temps à donner aux
études littéraires. Des sentiments honnêtes et de
l'esprit naturel valent mieux que tous les secrets du
frivole métier de rimeur : Votre chanson le prouve
bien.

Avec mes remercîments, recevez, cher monsieur,
l'assurance de ma sympathie bien sincère,

BÉRANGER.

Passy, 24 mai 1850.

---

(1) L'auteur sait que ce vers est faux, mais en le chan-
geant, il aurait dénaturé le sens.

LE BRIGAND.

Musique de l'auteur.

REFRAIN.

Entendez-vous, entendez-vous?
La cloche a sonné douze coups.
Il est minuit, accourez-tous,
Voici l'heure du rendez-vous.

Pour nous une nuit sombre
Est la plus belle nuit;
Et nous ne fuyons l'ombre
Que quand l'ombre nous fuit.
Redoutant peu les luttes,
Les luttes corps à corps,
Amis, dans cinq minutes
Nous battrons les recors.

Ah! nous ne craignons guère
Les gendarmes du roi;
Et s'ils nous font la guerre,
Nous leur faisons la loi.
Mais j'entends la patrouille
Marcher d'un pas subtil;
Ma lame qui se rouille
N'a pas perdu le fil.

Je suis de la Calabre
Le plus rude brigand;
Quel plaisir quand mon sabre
Est tout rouge de sang.

De chaque monastère
Je pille le trésor ;
Avec le prolétaire
Je partage mon or.

Brigands, de votre maître
Ecoutez-bien la voix !
Dans une heure peut-être
Ici nous serons rois.
Mais si quelque espingole
Vient me frapper au cœur,
Si l'on me dégringole
Décimez le vainqueur,

PROMENADE A ROYAT.

Description.

Air : *Pomaré, Maria.*

Vierge de l'Hélicon,
Muse de la chanson,
Pour chanter ces hameaux
Ah ! prête-moi tes joyeux chalumeaux.

Et toi, Pégase, à la course rapide,
Qui d'inspirer n'est jamais fatigué,
Pour les chanter ces ruisseaux d'eau limpide,
De tes pipeaux donne-moi le plus gai.

Royat, charmant séjour,
Je veux en ce beau jour,
Jeune et gai troubadour,
Te consacrer un joyeux chant d'amour.

De loin je vois la côte de Vallières :
Côte où Bacchus répandit ses faveurs ;
Mais nous entrons, je crois, dans Chamalières,
Reposons-nous dans ces lieux enchanteurs.

Au célèbre bosquet,
Nous cueillons un bouquet ;
Nous pouvous faire ici
Le beau métier de garçons sans-souci.

Nous dégustons une mousseuse bière,
Puis vers Saint-Marc nous dirigeons nos pas,
Les murs, partout, sont tapissés de lierre,
Ah ! quel beau lieu pour champêtres repas.

Contemplons un moment
Ce spectacle charmant.
Amis, asseyons-nous
Sur ce gazon et si frais et si doux.

En accidents la nature fertile
Nous montre ici de la mousse et des fleurs.
Un peu plus loin, c'est la chevrette agile
Qui, sautillant, va rejoindre ses sœurs.

Sous l'ombrage si frais
Des marronniers épais,
Humons la douce odeur
Du chèvre-feuille et du lilas en fleur.

Roulant ses eaux de cascade en cascade,
Avec un bruit égal et cadencé,
Un clair ruisseau, séjour d'une naïade,
Baigne un tilleul par le vent balancé.

Mais cheminons un peu
Vers la Grâce-de-Dieu,

Restaurant renommé
Pour son beef-teak et son bon consommé.

Nous savourons la fine côtelette,
Puis de Royat reprenant le sentier,
Nous écoutons le cri de l'alouette,
Qui va nicher sous le vert églantier.

Nous voici près du bois,
Où d'heureux villageois,
Le dimanche, parfois,
Viennent danser aux doux sons du haut-bois.
Amis, déjà je vois l'antique église,
Surgir modeste au sein de verts ormeaux ;
Je vois aussi la tant vieille croix grise,
Qu'un châtaigner cache sous ses rameaux.

En descendant là-bas,
Surtout n'oublions pas
De faire le portrait
De ce lieu qui, pour nous, a tant d'attrait.

Ah ! la voici cette grotte si belle
Et ses jets d'eau sans cesse jaillisants.
Toi que Delille a rendue immortelle,
Je veux aussi t'offrir un grain d'encens.

Laisse-moi te fêter,
Laisse-moi te chanter ;
Et vous, nymphes des bois,
Je vous en prie, accompagnez ma voix.

Ah ! puisse-tu, ravissante fontaine,
En m'inspirant ce chant qui part du cœur,
Être pour moi la source d'Hippocrène,
Donne à mes vers ta suave fraîcheur.

Royat, charmant séjour,
De plaisir et d'amour,
Jeune et gai troubadour,
Je puis enfin te chanter à mon tour.

CHANSON

Faite à l'occasion du don que me fit mon ancien maître,
M. Buisson, Joseph, d'une canne en bois de vigne.

Air du cantique : *Troupe innocente.*

Pour une canne
Que me donne Buisson,
Il me condamne
A faire une chanson.
Je dois m'en acquitter,
Mais je pourrais citer
Plus d'un auteur profane,
Qui ne voudrait rimer
Pour une canne

Suis-je bien digne
De tenir à la main,
Ce noble insigne
D'un grand buveur de vin;
Car ce noueux bâton
D'un vieux cep est le tronc,
De porter cette vigne
O Bacchus! dis-moi donc
Si je suis digne.

Ah ! quand je songe
Que de ce bois divin
Je bus en songe
Le baume souverain ;
Dans une coupe d'or
Je puise un rouge-bord,
Bacchus ! quel doux mensonge,
Je crois en boire encor
Ah ! quand j'y songe.

Liqueur vermeille,
Dont s'enivra Noé ;
Jus de la treille,
A ton culte voué,
Je dois en quelques vers,
Chanter tes dons divers,
Ta force sans pareille
Qui vainquit l'univers,
Liqueur vermeille.

Toi, du Parnasse,
Quadrupède divin,
Dis-moi de grâce
Si l'on y boit du vin.
Si la gentille Hébé
Porte, en guise de thé,
De Madère une tasse,
Pour finir le dîné
Du vieux Parnasse.

Sur cette canne,
Voilà bien six couplets
Qui, Dieu me damne,
Sont loin d'être parfaits;

Mais si quelque arrogant,
Pour faire le savant,
Dit que je suis un âne
Eh! qu'il en fasse autant
    Sur cette canne.

LE VALLON DE ROYAT.

Air : *Chante, chante troubadour, chante.*

De ce val où la fraîche brise
Du soleil tempère les feux,
Voyez-vous cette roche grise
Elever son front vers les cieux.

REFRAIN :

Beau vallon de notre Limagne,
Que j'ai parcouru tant de fois,
Légers zéphyrs de la montagne   } *bis.*
Aux doux échos portez ma voix. }

Ecoutez le léger murmure
De l'eau qui réflète le ciel,
Les oiseaux chantent la nature
Et les présents de l'Eternel.
    Beau vallon, etc.

Dans la verdoyante prairie
L'anémone ou le jaune Iris
Au narcisse en fleurs se marie,
La bruyère au myosotis.
    Beau vallon, etc.

Voyez l'aubépine si blanche
A côté du grimpant jasmin ;
Plus loin, la modeste pervenche,
La violette et le romarin.
    Beau vallon, etc.

Mais déjà les blanches étoiles,
Vont remplacer le jour qui fuit ;
La nuit sur nous étend ses voiles,
De l'eau seule on entend le bruit.

Beau vallon de notre Limagne,
Que j'ai parcouru tant de fois,
Je te quitte, ô belle montagne   } *bis.*
Doux échos, répétez ma voix.

COUPLET

A l'occasion de la fête d'une dame.

AIR *de la Treille de sincérité.*

  Je vous souhaite
  Une heureuse fête ;
Recevez ce petit bouquet,
Plié dans ce chétif couplet (*bis.*)

Pour ce couplet, ma pauvre muse,
M'ayant promis huit vers au plus,
Il ne faut pas que je m'amuse
A chanter toutes vos vertus ; (*bis*)
Du reste, elles sont si connues
Que j'aurais bien grand tort, ma foi,
De paraître élever aux nues
Ce que l'on connait mieux que moi.

L'EXILÉ.

Air *du Forban ou du Maléagre champenois.*

Barque captive,
Ta voix plaintive
A du rivage éveillé les échos.
Mais ta carène,
Blanche sirène,
Demain matin sillonnera les flots.

Car j'aperçois arboré sur ta poupe,
Du capitan le brillant étendard;
Et ton pilote, ô ma belle chaloupe,
A pour demain annoncé ton départ.
Brise légère,
De la galère
Vers mon pays tu hâtes le retour;
Et dans un rêve
Je vois la grève
Des bords chéris où j'ai reçu le jour.

Je vois là-bas gambader dans la plaine
Un daim qui met le chasseur aux abois,
Il va périr, sa défaite est certaine,
Déjà le cor résonne dans le bois.
Ruisseau limpide
Dont l'eau se ride
Au moindre souffle, au plus léger zéphyr,
Belles cascades,
Fraîches naïades,
Je vous revois avant que de mourir.

Je te revois antique sycomore,
Toi qui, vingt fois, a bravé les autans,
Tous les matins la caressante aurore
Vient redorer tes cheveux blanchissants.

    Vers mon amante
    Qui se lamente
Vers sa chaumière ! ah ! dirigeons mes pas,
    O mon Adèle,
    Toujours fidèle,
Je puis enfin te presser dans mes bras.

Mais je m'éveille. Au loin la foudre gronde
Et les marins éperdus de douleur.
Avec terreur écoutent mugir l'onde,
Ah ! c'en est fait, adieu rêve et bonheur...

    Sur la frégate
    La foudre éclate,
Aux cris d'effroi de tous les matelots;
    Et la tempête,
    Déjà s'apprête
A nous jeter tout vivants dans les flots.

Mais la nature a montré sa clémence,
Et sur la mer le calme reparu;
Nous laisse voir ce rivage de France,
Que nous croyions à tout jamais perdu...

    Bonne espérance,
    Plus de souffrance,
Pauvres proscrits, nous voici de retour;
    Belle patrie,
    Terre chérie,
Nous t'envoyons un long baiser d'amour.

UN SONGE RUSTIQUE.

Musique de l'auteur.

Dans le lointain sifflait la bise,
Mon chaume tremblait sous le vent ;
Quand soudain ma porte se brise
Sous les efforts de ce géant.
Je vois entrer de noirs fantômes,
Lesquels, venant des sombres bords,
Me disent : Veux-tu des royaumes?
Du monde veux-tu les trésors.

Mais ma frayeur n'eut plus de bornes
Quand j'eus reconnu le démon :
Il portait quatre grandes cornes,
De rouge était barré son front.
Sur un carnet deux noms il biffe,
Puis le referme avec grand soin,
Non sans avoir, avec sa griffe,
Du parchemin brûlé le coin.

Des vivants m'ôte-t-il du nombre?
Et suis-je déjà condamné?
Me dis-je, en regardant dans l'ombre,
Pour voir sa face de damné.
Puis, poussant un cri lamentable,
Je tombai sur mes deux genoux.
Relève-toi, me dit le diable,
Et passons un pacte entre nous.

A toi bonheur, à toi fortune,
A toi l'esprit et la beauté ;

Par ta conscience importune
Tu ne seras plus tourmenté.
Mais aussi je prendrai ton âme,
Dans vingt-sept ans et vingt-sept jours ;
Signe sur ce livre de flamme,
Tu m'appartiendras pour toujours.

D'un étui de forme bizarre
Tirant une plume de fer,
Il écrivit un mot barbare,
Et tout-à-coup je vis l'enfer.
Cependant je signai ma perte,
Tandis qu'en riant Belzébuth
S'enfuit par la fenêtre ouverte
Charmé d'avoir atteint son but.

Sur son dos un vieux dromadaire
Me porte alors divers présents :
Des vins de Chypre et de Madère,
D'énormes pâtés de faisans ;
Puis des sophas où je me couche,
Des femmes dignes d'un sérail :
Je vois des perles dans leur bouche
Et sur leurs lèvres du corail.

A mon doigt brille une émeraude ;
Mon chaume se change en palais.
Je possède la fille à Claude
Que depuis peu je convoitais.
Personne, lorsque je sommeille,
Ne vient troubler mon doux repos,
Mais tout-à-coup je me réveille
Aux bêlements de mes troupeaux.

Eh ! quoi, ce n'était donc qu'un songe ?
Me dis-je, en me frottant les yeux.
Je ris gaiment de ce mensonge
Qui m'avait rendu si joyeux.
Puis me levant, je menai paître
Mes blancs moutons, mes bœufs replets ;
Et m'asseyant au pied d'un hêtre
Là-dessus je fis huit couplets.

LES MENDIANTS.

Air : *Amis, la matinée est belle* (de MAZANIELLO)

Le vent mugit, la nuit est sombre,
Et nous n'avons pour nous guider
Que la lueur qu'on voit dans l'ombre
Seigneur à vos vitraux briller ;
Pour nous pas un abri sur terre !!!
    Chassez ces manants.
Seigneur, écoutez ma prière...
    Chassez ces manants.
Seigneur, seigneur, du pain aux mendiants *(bis.)*

Voyez, au ciel pas une étoile,
Nos pieds sont nus, nos corps transis
N'ont qu'un méchant lambeau de toile,
Tandis qu'à table êtes assis.
Entendez-vous siffler la bise ?
    Chassez ces manants ;
Rien qu'un manteau de bure grise,
    Chassez ces manants,
Seigneur, seigneur, du pain aux mendiants *(bis.)*

Nous sommes tout couverts de neige,
La faim fait fléchir nos genoux ;
Nous prierons Dieu qu'il vous protége,
Nous chanterons Noël pour vous,
Et lorsque vous irez en guerre,
    Chassez ces manants !
Nous vous servirons de barrière,
    Chassez ces manants !
Seigneur, seigneur, du pain aux mendiants *(bis.)*

Mais vainement sous ta fenêtre,
Nous supplions, tu n'ouvres pas.
Ce qui t'empêche c'est peut-être
De cette fête le fracas.
Tes chiens étendus sur la paille,
    Chassez ces manants !
De tes débris feront ripaille,
    Chassez ces manants !
Seigneur, seigneur, du pain aux mendiants *(bis.)*

Hélas ! nous n'avons plus d'haleine ;
Nous sommes vieux, nous avons faim !
Seigneur, aux serfs de ton domaine,
Aujourd'hui jette un peu de pain.
A notre barbe pend le givre...
    Chassez ces manants !
Seigneur il faut du pain pour vivre,
    Chassez ces manants !
Seigneur, seigneur, du pain aux mendiants *(bis.)*

Et les mendiants sur la route,
Tombèrent de froid et de faim ;
Tandis que le seigneur, sans doute,
Terminait son noble festin.

Hélas ! disait leur voix mourante,
Chassez ces manants !
Crains du Très-Haut la main puissante !
Chassez ces manants !
Seigneur, seigneur, un gîte aux mendiants. (*bis*)

L'ANTIQUAIRE.

Air *de la Normandie.*

Je suis grand amateur d'antiques,
Et je voudrais, dans ma maison,
Avoir les briquets phosphoriques
Dont jadis se servit Caton.
J'ai déjà trois pets de St-George,
Le dernier soupir d'Absalon,
Et le bâton de sucre d'orge
Qui désenrhuma Cicéron.

J'ai, messieurs, la chose est certaine,
Du déluge une pinte d'eau ;
Et du célèbre Diogène
Vous voyez là-bas le tonneau.
Je possède aussi la lanterne
De ce fameux cynique grec
Voici la tête d'Olopherne
A qui Judith coupa le bec.

Voilà, du premier roi des Gaules,
Deux superbes plats de vermeil ;
De Samson voici les épaules ;
Voilà deux taches du soleil.

De Vénus voyez une cuisse,
Et de Cupidon le carquois ;
Voici la poudre dentifrice
Dont se servit le beau Dunois.

Là-bas, voyez-vous cette pipe,
C'est celle qu'Achille fumait :
Ce héros avait pour principe
De n'adorer que Mahomet.
A propos de ce grand prophète
Voici son élégant turban.
Du coq Gaulois voici la crête
Et le passeport d'un forban.

Voici la barbe d'Antigone
Et les cheveux de Pompadour,
Puis la bouche de trois Gorgone
Dont elles usaient tour-à-tour.
Voici deux éclipses de lune
L'aigle empaillé de Jupiter ;
Voilà le trident de Neptune
Et les cornes de Lucifer.

Ah ! vraiment la chose est unique ;
Faites-en part aux curieux,
Voici la fameuse tunique
Qui fit Hercule furieux.
Voici de Monsieur Lapalisse
Et la culotte et les sabots ;
Plus loin les compagnons d'Ulysse
Métamorphosés en pourceaux.

Voici de Junon les oreilles.
Ah ! jamais je n'en finirais,

Si je vous montrais les merveilles
Que contiennent mes cabinets.
Apprenez donc à les connaître,
Vous en voyez un spécimen ;
Sous vos doigts vous les verrez naître,
C'est ce que je vous souhaite. Amen !

LES REGRETS D'UN AUVERGNAT EXILÉ.

AIR : *Combien j'ai douce souvenance.*

Avec regret je me rappelle
Le doux sourire de ma belle,
Les baisers que me prodiguait Adèle,
Et son œil bleu comme l'azur
Si pur.

Souvent lorsque le jour décline
Tous deux sur la verte colline
Allions cueillir la si blanche aubépine
Dont elle ornait ses noirs cheveux
Soyeux.

Que je regrette ma chaumière
Aux vieux murs tapissés de lierre,
De mon foyer, la brillante lumière
Et mon petit agneau bêlant,
Tout blanc.

Que je regrette ma montagne,
Et ma verdoyante limagne,
Mais plus encor ma fidèle compagne,
Je dois avec son souvenir
Mourir !

Quelquefois un trompeur mirage
Me montre, à cent pas du rivage,
Les toits fumants de mon pauvre village,
Et du vallon le bois épais,
Si frais.

Vers une limpide fontaine,
Qui serpente à travers la plaine,
Je veux courir ; mais espérance vaine !
Elle a passé comme un éclair,
Dans l'air.

Adieu riche et belle patrie,
Et vous aubépine fleurie,
Adèle, adieu, mon amante chérie.
Nous nous reverrons près de Dieu.
Adieu.

LA MÈRE BARENNE.

AIR *de Madame Grégoire.*

C'était de mon temps,
Que brillait la mère Barenne,
Chez elle, à vingt ans,
Nous allions rire à perdre haleine ;
Toujours joyeux et francs,
Que nous étions contents !
Nous buvions d'excellente bière,
Nous puisions dans sa tabatière...

REFRAIN :

Ah ! je vous le dis,
C'était un paradis.

Quand nous entrions
Comme une boudonnante ruche,
Nous nous asseyions
Autour de quelque vieille cruche ;
J'avais toujours grand soin
D' m' mettre dans un p'tit coin
Chacun chantait à tour de rôle,
Quelque chanson joyeuse et drôle.
Ah ! etc.

De son pur moka,
Quand nous sirotions une tasse,
Je faisais grand cas
De son joyeux : Grand bien vous fasse.
Buvant sans faire : Hum
Un p'tit verre de rhum ;
Mettant d' côté nos patenôtres,
Nous étions d'aimables apôtres.
Ah ! etc.

Elle nous f'sait crédit
Quand nous étions dans la débine,
Aussi son débit
N'a-t-il jamais connu la ruine ;
Nous vous paierons lundi,
Nous vous paierons mardi,
Allez, mes enfants, disait-elle,
Je sais bien c' que c'est que la grêle.
Ah ! etc.

C'était l'âge d'or,
Oui, je le dis sans hyperbole,
Nous étions d'accord
Et toujours d'une gaîté folle ;

Sans jamais de débats,
Nous prenions nos ébats.
Mes amis, qu'ici tout le monde,
Le verre en main, chante à la ronde.
Ah! je vous le dis
C'était un paradis.

LE GAI SIBARYTE.

Air *du Mariage du Pape.*

REFRAIN :

Gaî sibaryte,
Je suis le rite
D'Anacréon, de Silène et Bacchus;
Déité triple,
Ah! ton disciple
Se moque bien des faveurs de Plutus.

Lorsque je vois, tout poudreux, sur ma table,
Un vieux flacon d'Alicante ou Xérès :
Salut, lui dis-je, ô nectar délectable!
Tu vaux cent fois tous les fruits de Cérès.
 Gai sibaryte, etc.

Mon cuisinier à mon vieux tourne-broche
Tourne un faisan; calculant sa lenteur
Bien doucement du foyer je m'approche
Et vais humer sa précieuse odeur.
 Gai sibaryte, etc.

Quand je descends à mon humide cave,
Que je me plais à compter mes tonneaux :

Ici, je vois du Champagne et du Grave,
Là-bas, ce sont mes flacons de Bordeaux.
    Gai sibaryte, etc.

Mais j'aperçois sur la verte fougère,
Un vieux satyre imitant Lycidas,
Offrir ses vœux à gentille bergère,
O Cupidon, que ne suis-je là-bas!
    Gai sibaryte, etc.

Si maintenant, charmante jouvencelle,
Avec amour t'enlaçant dans mes bras,
Je te jurais une flamme éternelle,
Ah! quel plaisir n'éprouverions-nous pas!
    Gai sibaryte, etc.

Mais de la mort lorsque la faulx tranchante
Va m'arracher à ma félicité,
Sur mon tombeau, mes amis, que l'on chante
Vive le vin, l'amour et la gaîté!!!
    Gai sibaryte, etc.

CHANSONNETTE

Air : *Tonton, lontaine, tonton.*

Ah! permettez que je commence
Sur un assez drôle de ton :
Tonton, tonton, tontaine, tonton.
J'aurais bien fait une romance,
Mais j' n' suis pas un Apollon;
Tonton, tontaine, tonton.

Quand j'aperçus, l'autre dimanche,
Votre petit pied si mignon,

Tonton, tonton, tontaine, tonton;
Votre peau si fine et si blanche,
J' vis bien qu'j' n'étais pas un Caton;
Tonton, tontaine, tonton.

Devant vous voyez quel prodige!
J'étais planté comme un bâton,
Tonton, tonton, tontaine, tonton.
Et sur vos charmes en litige
Je lançais un regard fripon.
Tonton, tontaine, tonton.

Grand Dieu, quelle petite bouche!
Quel nez, quels yeux, quel joli front!
Tonton, tonton, tontaine, touton.
Tout cela me charme et me touche,
Jusqu'à votre petit menton.
Tonton, tontaine, tonton.

Maint'nant qu' j'ai décrit tous vos charmes,
De grâce, dit' moi votr' petit nom!
Tonton, tonton, tontaine, tonton.
A vos genoux je rends les armes
Si c'est Fanchette ou Jeanneton;
Tonton, tontaine, tonton.

LES MATELOTS.

Air : *Eh! vogue la galère.*

Sur le dos d'une vague
Deux jeunes matelots
Contemplaient d'un œil vague,
Du bel Océan, les flots,
La mer phosphorescente,
L'écume de son eau,

La vague mugissante
Et l'aurore naissante,
La vague mugissante
Qui guidait un vaisseau.

Tous deux étaient esclaves
Esclaves des Anglais
Mais brisant leurs entraves
Ils ont dit : Soyons Français.
Puisqu'en vain je supplie
Qu'on nous laisse partir,
Trop lointaine patrie
Terre toujours chérie,
Trop lointaine patrie
Te revoir ou mourir.

D'un navire en partance
Ils virent le sillon ;
Pour nous, plus de souffrance,
Car c'est notre pavillon,
Et tous deux à la nage
Vite gagnent le bord ;
De leur humble village,
De loin ils voient la plage,
Dans leur humble village
Ils trouveront un port.

L'ARCHIVISTE ET LE NATURALISTE.

AIR : *Antiquaire savant etc.*

Archiviste joyeux,
Et peu prétentieux,
Pendant des jours entiers   } *bis.*
Je dépouille de vieux papiers.

Voyez, là-bas, dans cette enceinte vaste,
Qui fut jadis un temple d'enfroqués,
Ces papiers que l'aile du temps dévaste
Sur leurs rayons dûment empaquetés.　　(bis)

  Sur ce vieux parchemin,
  Que j'ai là sous la main,
  J'aperçois le cachet
 D'un évêque portant rochet.

J'ai sous les yeux une antique sentence
Rendue ici par un vieil échevin,
Qui condamnait un homme à la potence
Pour avoir bu deux pintes de son vin.

  Je viens de déblayer
  Un énorme terrier
  Qui jadis appartint
  Au moutardier de Sixte-Quint.

Dans ce terrier que jamais on eut garde
D'aller quérir où le plaça le temps,
Vous pouvez voir que jadis la moutarde
Etait vendue à beaux deniers comptants.

  J'ai trouvé, l'autre jour,
  Les vers qu'un Troubadour
  Adressait à la cour
 A madame de Pompadour.

Sur ce carton voyez le sceau du Pape;
C'est une bulle écrite de sa main.
Aux mécréants, de peur qu'elle n'échappe.
Je la fais lire à tout le genre humain.

  Ces pieux manuscrits
  Tous deux furent écrits
  Par un noble prélat,
  Inventeur du Canonicat.

Ces vieux bouquins, si j'ai bonne mémoire,
Que vous voyez dans leurs casiers ouverts,

Furent, dit-on, le satané grimoire
D'un sorcier qui brûle au fond des Enfers.

Archiviste joyeux,
Et peu prétentieux,
Pendant des jours entiers
Je dépouille de vieux papiers.

C'est peu pour moi, Messieurs, d'être Archiviste;
Pour employer mes précieux moments,
Je suis encore ardent naturaliste:
Venez en voir de forts beaux monuments.

Je dois vous faire part
D'un énorme lézard,
Qui fut attrapé par
Votre serviteur quelque part.

Sur ce crapaud, pour peu qu'on argumente,
On pourra dire : il vient d'ici... de là...
Moi, je suis franc : il fut pris sous la tente
D'Abdel-Kader, non loin du Sahara.

Voyez dans ce grand bol,
Tout rempli d'alcool,
Ces serpents qui, dit-on,
Vivaient du temps de Pharaon;

Voyez ce chat, qui, pris entre deux roches,
Fut étouffé dans de grandes douleurs:
De deux putois voyez aussi les poches,
D'un colibri les si riches couleurs;

Voyez ces deux souris
Que de lard je nourris;
Et ces quatre rats d'eau
Dont un Anglais me fit cadeau.

Ce gros serpent, c'est vraiment un chef-d'œuvre;
Pour un Boa fut pris assez souvent;
Pourtant, Messieurs, ce n'est qu'une couleuvre
Vue à travers un verre grossissant.

Pour naturaliser,
Momifier, empailler,
De France au Sénégal
Je n'aurai jamais mon égal.

LA SYBILLE.

AIR : *Vois-tu bien, mon enfant, etc.*

Vois-tu bien, mon enfant, cette haute montagne
Où se joue, en naissant, un rayon du soleil;
Dont la clarté subite, inondant la campagne,
De la nature entière annonce le réveil?

REFRAIN:

Vois-tu ce modeste asile?
Là vivait autrefois
Une vieille Sybille
Que consultaient (*bis*) les rois.

Bien souvent, quand du soir le rouge crépuscule
Des arbres de ce bois redorait le sommet,
Hardiment à cheval sur une blanche mule,
On la voyait bondir à travers la forêt.

On entendait tinter une cloche de bronze,
Quand chez elle arrivaient quelques nobles seigneurs.
Elle prédit son sort au tyran Louis onze,
Et de lui refusa les plus brillants honneurs.

Charles neuf, à son tour, consulta la Sybille
Qui lui dit : Des Français tu seras l'ennemi:
Par tes ordres le sang coulera dans ta ville,
En un jour appelé la Saint-Barthélemy.

Mais sur ce roc poudreux, Quel est donc ce fantôme
Qui s'avance vers nous, vêtu d'un blanc linceul ?

C'est elle, mon enfant, qui vient revoir son chaume
Et prédire aux humains quelque sanglant écueil.

> Quittons le modeste asile
> Où vivait autrefois
> Une vieille Sybille
> Que consultaient (bis) les rois.

L'ILE DE CYTHÈRE.

AIR *de la cachucha.*

Voyez-vous, au rivage lointain
Fleurir la douce pervenche;
Le romarin, la lavande et le thym;
Plus loin l'aubépine si blanche

REFRAIN.

Entendez-vous sous le feuillage,
Du rossignol le doux ramage?
Tous les oiseaux chantent l'amour
> Et le retour
> D'un si beau jour.

> Jamais un cri de guerre,
> Ni du vautour la serre;
> Jamais un cri de guerre
> N'a troublé ce séjour.
Jamais on ne connut le chagrin
Au beau séjour de Cythère;
Toujours, toujours, le plus doux entrain
Y préside au plus doux mystère.
> Et l'on entend etc.

L'abeille, au fond d'odorantes fleurs,
Va distiller l'ambroisie;
Le papillon aux plus vives couleurs,
Inconstant, y passe sa vie.
> Et l'on entend etc.

ROMANCE

Air : *Ne me regarde pas.*

Jeune fille aux yeux bleus comme l'azur du ciel,
Tu dardes dans mon cœur un long regard de flamme;
Et pour moi ce regard est plus doux que le miel.
Ah! dis-moi ton vrai nom, ange, démon ou femme.

Refrain.

Aimons-nous bien, sur l'aile des zéphyrs
S'envoleront les suaves plaisirs;
Mais il nous restera le souvenir, ma belle,
D'avoir aimé d'une flamme fidèle.
Aimons-nous bien,   (bis).

Houri de Mahomet, ta bouche de corail
Par un baiser d'amour ne fut jamais fermée;
Et jamais les échos d'un fastueux sérail
Ne redirent les sons de ta voix bien aimée.
Aimons-nous bien, etc.

Lorsqu'un chrétien te voit, déroulant tes cheveux
Sur ton col aussi blanc qu'est blanc le col d'un cygne,
Craignant de succomber à l'attrait de tes yeux,
De terreur et d'amour à la fois il se signe.
Aimons-nous bien, etc.

VIVE LE BON VIN VIEUX.

Air *du roi Dagobert.*

Vous savez, mes amis,
Qu'hier je vous avais promis
De vous payer encor
De mon vin de la Côte-d'Or.
Venez donc chez nous,

Que chacun de vous
Fredonne en chemin
Ce joyeux refrain :

Vive le bon vin vieux,
Vive ce jus délicieux.

Mais en entrant chez moi,
Je trouve ma femme en émoi :
Vous avez bien couru,
Me dit-elle d'un ton bourru ;
Mangez votre bien,
Puis, vous n'aurez rien.
A ces deux questions
Gaîment je réponds :
    Vive, etc.

Bien vite elle prend feu,
Mais je m'en inquiète peu ;
Et de mes vieux buffets
Tirant toutes sortes de mets,
Nous nous attablons ;
Et puis nous sablons
Alicante et Nuits,
Bourgogne et Chablis.
    Vive, etc.

Un quart d'heure plus tard,
Arrive un abbé fort gaillard.
Son verre était soudain
Presqu'aussitôt vide que plein ;
Pour avoir juré,
Notre bon curé

Nous paie un flacon
De son vieux Mâcon.
 Vive, etc.

Après notre diner,
Ce fut à qui pourrait rimer;
Et sur le vin du crû
Chacun fit un bel impromptu.
 Moi, je fis celui
 Que je chante ici.
 Amis de bon cœur,
 Répétons en chœur :

Vive le bon vin vieux,
Vive ce jus délicieux !

DÉCLARATION D'AMOUR.

Air : *Chante, chante troubadour, chante.*

Vos beaux yeux, douce Caroline,
D'un ciel bleu, reflètent l'azur.
Jamais d'une bouche enfantine
N'est sorti langage plus pur.

Refrain :

Douce compagne de ma vie,
Sans vous pour moi plus de bonheur.
Ouvrez à mon âme ravie } *bis.*
Tous les trésors de votre cœur.

Je voudrais être le zéphyre
Qui vient caresser votre sein;

Dussiez-vous, par un doux martyre,
Me faire expier ce larcin.
    Douce compagne, etc.

Je voudrais être l'herbe fraîche
Qu'effleure votre pied léger ;
Je voudrais être cette pêche
Que vos belles dents vont croquer.
    Douce compagne, etc.

Je voudrais être aussi la rose
Qu'effeuille votre blanche main ;
Je voudrais être..., mais je n'ose ;
Je vous dirai cela demain.
    Douce compagne, etc.

Imprimé chez Auguste Veysset, à Clermont.

www.ingramcontent.com/pod-product-compliance
Lightning Source LLC
Chambersburg PA
CBHW060854180626
46818CB00004B/1707